詩集　時をあるく

齊藤　輝代

装画　山本　真美
押絵　四宮美枝子
題字　齊藤　正孝

収録作品（28編）

地《な》震《い》のうしろ

九十九年と十カ月の家

町から駆けつけた私に
高台の桜が散った
えぐられた斜面

山々は新緑の時を
迎えようとしている

東西南北の底に建ちつづけた
「座敷」の奥から
祖父母と父母と
五人の子らの影絵がうかんでくる

九十九年と十カ月の時のすべてに
とび散った玄関のガラス戸
客間と居間とを通りぬけて
窓枠の墜ちた険しい空白に向って
初夏の温んだ風が吹きぬけていく

天井からさがった数本の紐を揺らしながら
母が作った肥後毬の
赤い房飾りの唄はかわらず
ほほ笑み交わした少女たちの
遠い記憶にまでも
手招きしている

さよならの言霊がながれだす
米をまき塩をまき酒をまき
古家の回りを清めながら
とり残されるかなしみへ向かって
ありがとうの言霊がながれだす

地震《ない》のうしろの
モグラの嬰児たちは
ささやかな古板の下の産屋で
身を寄せあって眠っているだろうか

風が吹く

この家には
祖母がいて
両親がいて
四人の子らが生まれた

喧騒のときをへて
確実に百年の時を刻んだこの家は
静かに最期のその時を待っているのか
それぞれの部屋の中で
家族の物語は浅く眠っている
そんな気もするのだが

庭の草木は伸びるがまま
雑草はわがもの顔に
枝葉は野分の風にむしられ
それでも
蔦葛はがんじがらめに
古家を守っている

泉水はよどみ
あの赤や黒のやせ細った鯉たちは
歳月の吹きだまりの病葉《わくらば》の下に
死に絶えたのだろうか

少し冷たい風が吹く

もはや人影の絶えた山里の小さな庭で
赤とんぼは何も語らず
ぽとりと
青柿の落ちる音だけが聞こえてくる

重なりあう山々から
蜩の鳴き声が木霊のように流れきて
また
秋が過ぎてゆく

木霊みたいに

遠いふるさとは
透きとおった風につつまれていた

水色の風のなかで
流れに体をあずけ
くっきり浮かんだ白い雲をながめていた
ゆかたに下駄をならし
歌いながら蛍をおいかけた

黄色の風がふきだすと
ぎんなんの実をひろい

掌にころがしてあそんだ
散りつもった落ち葉を
画用紙にならべてわらいあった

白い風がふきつける
雪にうずもれた田んぼの上を
仔犬といっしょにころげまわった
かき餅のやける香りに
うっとりと火箸の先をながめていた

散りゆく桜花とともに
消えてしまった
ふるさとに
存在していたものたちが

色のない風の中にゆれている

目をとじれば
更地のまわりから
水の湧き出る音が
村人や子どもたちのさんざめきが
木霊みたいにかえってくる

遠くへいってしまった風たちに
あ　い　た　い

ふるさとの
山々から新しい風がふいてくる
祈りの風がふいている

暮し

仮設とよばれる団地に
ふたりと一匹の引っ越し
四畳半ふた間と台所
風呂もトイレも
クーラーだって迎えてくれた

両手両足のばして
大の字になってみる
酸素を鼻から吸い込む
何もない部屋で
九枚の天井パネルを数える

壁に囲まれた安心が下りてくる
―今日という日はきっと　記念日だね

シェアハウスには贅沢なモノは要らない
おまえと私とあなたとの三つの約束だけ
モノを持ちこまない。
干渉しない。
時間をまもる。

―散歩の時間だよ
おまえは約束どおり合図をおくる

西空が色づくころ

仮設とよばれる一角に
晩夏の風がおとずれる
音のない団地に
わたしらの暮しは始まった
再びの記念日をつくるため
スパークリングワインの泡を数えよう
来し方行く末を数えるみたいに

四ヵ月半の時間の重さを連れて
今も
大地は揺れつづける
ふたりと一匹とあまたの泡沫を載せて

きらきら

朝の光が
窓ガラスの氷を融かし始め
心の棘も
離れてしまった哀しさも
すべてが
光の中に溶け出してゆく

仮設の家々の玄関ドアが
朝日に向かって開かれるとき
今日という日は
さりげなく

特別な風が吹き始める

—おんなはりますか？
向こうの屋根の老婦人が
ひょっこり笑顔をのぞかせる
右手に小さな器を持って

きらきらと
金柑甘煮はほほ笑む
ゆらめく香りは
ぽーんと
幸せ広げて
指の先まで温める

冷たい風が
薫風に変わっても
時が遠くへながれても
今朝の光を
わすれない

夢の中で

さくらは　急におとなになった
無邪気な笑いを忘れたみたいに

大声で吠えたり笑ったりしていたのに
あの日から
おまえは
仮設の部屋のすみっこで
昼も夜も眠り続ける
そして
眠れないわたしの耳もとで
夜明けと夕暮れどきに

クゥーンクゥーン
鼻を鳴らす

濡れた黒い瞳が　こちらを見ている
口角をちょっとあげて頷き返す

無声映画の女優のように
おまえの口は　息だけを吐きだす
声を上げてもいいんだよ
あの頃みたいに
ぐるぐる回って
全身で喜んで
腹の底から声はりあげて
大声で笑っても

神様は　怒りはしないよ
きっと

今夜も
眠り続けるおまえは
ククククッ　ククククッ
思い出し笑いをしている

おまえの夢の中で
わたしも　笑っているだろうか

蘖《ひこばえ》

幹を伐られた大木は
テッポウムシに喰われた腹の中を
陽春の光の中に晒している

—あの木は死んじゃったのかな
—いいえ、お腹の中の虫干しよ

枯れ葉の一枚すら身にまとうものはなく
枝も伐りおとされ
昨日までの寒風に立ちすくんでいた
時たま

白と黒の冬鳥が伐られた幹にとまり
せわしげに足踏みをしていた
大木は眠ったふりをした
さえずりを心のどこかで楽しみながら

―いつ、生きかえるのかな
―もうすぐ　もうすぐ

伐られた幹に熱がたまっていく
陽に揺り起こされる
「まだまだ早い」と冬鳥はさえずる
「太陽にはあらがえない」と大木は呟く

伐られた大木の根株から

蘖《ひこばえ》が産まれていることに
未だ気付いていないのか
伐り残された細い枝は
気まぐれな春風にもてあそばれている

—今年は栗の実は生らないのかな
—だいじょうぶ　いっぱい頂こうね

さよならのスクリーン

遠い日の蜻蛉《せいれい》

いくつもの物語をのせて
蜻蛉が
ゆらりゆうらり
何処からともなく湧いてくる
透明な目玉のスクリーンには
あの頃の営みが
きっと
音もなく映し出されているのにちがいない

肩先にとまった蜻蛉の羽音にいざなわれ
ちいさな庭の苔むした飛び石を

少女がひとり
ケンケンしながら近づいてくる
はずんだ声は
父と母と
兄と姉らの名を呼びながら
遠い日の賑わいをひきよせて
玄関の敷居の上に立ちどまった少女は
首をひねって
ちょっと振りかえる

少女が駆けさった記憶の壁を
蔦葛はじりじりと歯ぎしりしながら
よじ登り……
這いのぼり………

そして
いつの間にか
飛び石を巻き込み　巻きあげる
秋空のそのかなたまで
昇りつめたその記憶は
千切れ雲にのって
跡形もなく消えていくのだろうか

見えない何かをつかむ仕草で
右手と左手とを
空へ向かって
交互に這わせてみる

おまえ

崩れていく
私の生家よ
大人になった私と
私の家族たちは
今日　両親のいたこの庭を出て
歩きはじめるのだ

束の間の
昭和の時代を映し終え
さよならのスクリーンは静まりかえる

自分のど真ん中に
耳を澄ませば聞こえてくる
枯れかけた草々の中から湧きあがる

蜻蛉の羽音に包まれた
遠い日の
少女の呼び声とくすくす笑いが

夏のゆめ

母の張りゆく青蚊帳は
闇をはらんで
海になる

少女によりそい
団扇《うちわ》はうたう
遠くて近い物語

ほのかに蛍
少女の夢にしのびこみ
まどろみの舟をこぐ

女がひとり
古い行李につめられた
モノクロームの夢つまみだす

仕事と家庭と平等と
そんな時代の
夢を聞く

母の背に
負われて見た
夏の星座か

砕かれてゆく夢に
無念の笑みをうかべ

女は歩く

癒せない哀しみは
子を喪ったものだけの
夏の熱

鷗たちよ
いずこへ
海かけてゆくのか

少女はねむる
碧い波間にいだかれて
いくたびの夏

母と張りゆく青蚊帳は
夏をつつんで
寝静まる

紙ふうせん

縁側に木もれびがゆれ
少女は　ねことたわむれる

薬屋のやなぎ行李は
汗と油をすって
にびいろにひかっている

薬うりは　縁側にすわり
ごくりと茶をのみほし
ふきだす汗をふきながら
遠く

山のそよぎや風のいろを
海のにおいや人々のなりわいを
さまざまにかたりだす

行李のなかにかくれている
紙ふうせん
ほし柿いろの指がつまみだすそのときを
ひたすらまちながら
少女は　ねことたわむれる

木もれびのなかに
おんなは　さがす
ゆくことのできない場所を
めぐりこぬ時を

ふたたびあえないもの達を

あの薬売りは
どこを歩いているだろうか
ふっと　紙ふうせんをいれた行李をせおって
さまざまな語らいのなかを
あるいてゆく

紙ふうせんは
春の野にふわりふわりみちてくる

水無月の夢

傘をさして自転車にのるなんて
神様はお許しになりません
ほら、直ぐにどしゃぶりです
川に沿った細い道は
でこぼこの石が自転車をバウンドさせるのです

どんなに器用に操っても
あなたの力では
片手の傘は飛ばされてしまうはず
ほら、スカートが脚に絡みついて
ブラウスは十五の胸元を露わにしています

傘をさして自転車に乗らなければ
遅れてしまうのです
神様お許しください

石に乗り上げた自転車は真っ逆さまに
綱渡りの綱から川の中へと墜ちてゆきます
私は魚になってしまうのでしょうか

いいえ、魚になることもできないまま
あなたは濡れ鼠となってそこにたどり着いたのです

あの日から
六月の雨の日は夢の中を彷徨うのです

風に吹かれて

つゆが来た
水をまんまんと満たした田んぼに
しめった風が吹きすぎる

大きな機械に乗せられて
一本いっぽんの苗は
行儀よく植えられていく

つゆの晴れ間の
ひと時のやすらぎと
青田に吹きわたる白い風に

小さな苗は全身を揺らして
笑うのだろう

人影の消えた
ふるさとの
ゆらゆら揺れる青田には
田植え唄など
聞こえてはこない

眼をとじて
耳をすませば
風の音に
かわずの鳴き声が重なり
遠くの方から

村人の田植えの華やぎが
近づいてくる

あれは
半世紀も前の
忘れ去られた
村里の息吹か
あの村に生れ
田んぼのあぜ道で
遊びほうけていた
痩せっぽっちの少女は
何処へいったのだろう

青嵐がさっと吹き抜け

かきまぜられた時間の束は
空へとまいあがる

もう二度と
あの時はもどってはこないと
少女には
わかっていたのだろうか

あなたの言葉

あの時から
二か月後に
わたしは二十歳になり
あなたの齢を越えて
今日も
生きています

いまも道しるべは
あなたの言葉
道に迷ったとき
頷きのすべてをさがすのです

あのときの言葉を

桜の枝に
窓の守宮《やもり》に
漂う雲と流れる水に
道端の草草に
庭の薄氷に
あなたの漂いを
じっと
待ちうけるのです

あなたの声と眼差しが
身近に
降りてきそうな

その　一瞬に
言葉は
ひらひらと　ふつふつと
肺腑の中に
満たされるのです

あの時から
数えきれない時は流れ
今もさがし続けています
あなたの言葉を

過ぎてゆく

闇に満ちる
虫時雨も
次第に弱りゆく

秋の憂いのドレスをまとい
地上に舞い降りる
銀杏の
金色の天使たちよ

遠い記憶の
栗の林にたちこめる

乾いた毬の
行き場のない憤りの匂いよ

それでもそこに
まるで子どもの掌のように
燦々と陽は降り注ぎ
秋の愁いは打ち寄せてくる

わたしの庭の
金木犀の木々の繁りに
開きすぎた橙色の花びらに
しめやかに集う二匹の蝶たちに

女の日々の

終りと始まりの
残された時を刻み
静かに秋は
過ぎてゆく

今日のわたし

ぬけがら

手の届くところに
ぬけがらが
ひとつ

生と死の境には何があるのか

蝉が鳴いている

今日の私のぬけがらが
ひとつ
乾いた風に吹かれて

からからと
ゆれている

冬枯れ

冬枯れた樹々の狭間に立てば
見あげるむこうに
まぶしげな陽の光

しぼんだ風船がふくらみそうな温かさに
うすっぺらな手のひらをかざしてみる
何もつかめなかった手のひらに
枯れ枝みたいな血管がはしる

青空と手のひらの間に広がる
褐色の枝々は

凛としてうつくしいのに
かざした手のひらに浮きでた
青くほそい血管には
美の一片さえも
何かをたくせる希望さえも
見えてはこない
しょっぱいだけのうすい液がながれている
そうにちがいないのだけれど
わけもなく
今日も生きていけると思ってしまう

冬枯れの枝がゆれている
風もないのに
からからとゆれている

かすかな息遣いがきこえる
いま
枝先にちいさな命が
芽吹こうとしている

何もの

風がやんだ
声が聞こえる
かすかに仄かに
だれの声だろうか

窓の外は雨
目を閉じて
耳をすませば
声が聞こえる

閉じた両のまぶたに

ひんやりとぴったりと
何ものかの
ささやきが降りてきた

左の指先ではらいのける
と
何ものかが
ひらりと
床におちていった

あざけるような
哀願するみたいに私を見あげる
みどり色のちいさな複眼
はな冷えの

曙のきざしのなかで
息絶えたむくろよ

凍える

氷点下の朝の足おとを
うつつに聞き
ためらいながら手をのばせば
ドアノブは
手のひらを拒絶するみたいに
よそよそしい冷たさ
ドアをおし開くと
きしみながら吹きすぎる風の怒りに似て
おもわず心凍らせる
雪はおどり舞い上がり
外へおいで

と、はやしているのか
ドア横のメダカの甕は
おともなくひそやかに
氷を張りめぐらす
底にひそむ小さな命は
うごかない
朦朧と漂っているのだろうか
凍りついた体と
あいまいな意識は
氷解とともによみがえりくるはず
ちいさな命のふしぎよ

風におされながらドアを閉めると
おや指に

火にやかれた痛みがはしる
爪の下に血の烙印がひとつ
赤黒く浮きでている
ドアにはさまれたおや指は
声もなくたたずむ
小さな生き物たちの痛みを思いながら
もう一度
凍える手でドアを開く

流体

命は流れだ
と　だれかが言っていた

一年まえのわたし
今の私とは別のものなのか
流体の空洞に
手当たりしだいに
好きなもの
好まない味も
投げ入れ
そしゃくし続けた

わたしの流体は
作りかえられ
古いものと交換されつづけた

絶え間のない流れの中で
合成と分解はバランスをとってきた

いま　今　いま
何かが壊れ始めた
どちらかが速度をおとしているのか

完全にはリニューアルできないもの
少しずつ残っていくもの
流体の部品はない

すべては連なっているのだろう
今日の私は
一年前とは別なものになっている
たしかに

マスクをはずす

速報

東の空がほのかにしらむ
風がまあるく吹いている

春が来たのにちがいない
はる　ハル　遥　春　ＨＡＲＵ
つぶやきながら歩く
蝋梅の色はこころなしか
くすんで見えても
香りは枝からふってくる

まぶしい光にまばたきをくりかえし

春の音に耳をそばだてる
ほそ道に根をはる仏の座には
小さな花がすわり
「さんぽですか」と呼びかける
君もわたしも立ちどまり
会釈をかえす
それが
春たつ日の約束みたいに

夕方の速報で本県の感染者数
九百十六人
と　告げていた

魔女になる

おなじ場所にい続けるなど
できない　と　思っていた
地球だって自分で回っているじゃないか
じっとしていたら
たぶん
爆発して宇宙のかなたに消えていくのさ

おなじ場所にい続けて四カ月がすぎた
かびくさくなってくるだろうと思っていた
筋肉はかたまり
骨はボロボロに

頭の中は霧がたちこめ
わけのわからない言葉で満ちてくる
そんな自分に歯がみをするはずだ
と　確信していたのさ

どっこい
おなじ場所にいることになれてしまった
以前からそうだったみたいに
庭をうろつき
メダカやカラスと交信しながら
魔女にでもなった気分をたのしめている
恐ろしいことではないか
忌むべきことにちがいない
相棒がカアカアさわいでいるよ

いやはや
考えすぎてはいけないようだ
魔女のきぶんだって捨てたものじゃない
箒にまたがって太陽《コロナ》を一周するのも
いいじゃないか
あと何回まわれるかためしてみるさ
三十ぺんもまわれたら
しょうしんしょうめい
魔女の誕生となるはずだ

地球のゆりかごのうえで
魔女みならいは午睡の谷へと墜ちていく

魔女の庭

長いながい自粛のすえに
庭にいついた女は
いつのまにか魔女となった

魔女は庭の生きものたちによびかける
―いそげいそげ秋はすぐに去っていく

枝々は葉をおとそうとゆれつづける
はりめぐらされた蜘蛛の巣には
枯れた木の葉が
ちいさな虫たちのなきがらが

ゆれている
冷たい風にゆれている

梅の木のてっぺんでカラスが鳴いている
芝にねころんだ仔犬はのんきに空をみあげ
黒ネコは梅の木をかけのぼる
にげるカラスはカアカア笑い
ネコはくやしげにあたりを見回し
空の中から声張りあげる
　人間の世界はおそろしい
　未だコロナが生きている
　そのうちインフルもやってくる
家伝の箒でウイルスを掃きだそうと
魔女は庭をはしりまわる

まだまだ自粛はつづく
犬はねむり
ネコはかん高くわめき続ける
いつまでとは
誰にもわからない
魔女にもわからない

生きる本分《ほんぶん》

うっすらと
朝日の粉末におおわれて
風の表面が揺れはじめる
太陽はいつの間にか
頭上のベールをとかし
いく度の災禍のおとずれか

ふり返れば
緩やかな時の流れのどこをさまよう
打ちひしがれた流民のように
顔あおざめ

ことばを失い
硬直した四肢をもてあまして
太陽《コロナ》を直視すれば眼球は焼かれる
原始の人類は知っていた
正体のみえないコロナウイルス
誰がどこから運んできたのか
命が喰いつくされると
人々は怯えつづける

たしかに季節はめぐる
太陽の光は
生きとしいけるものに降りそそぐ
優しげにいとしげに

ウイルスにも生きる本分があるのだろう
三たびの渦動に身を投じても

マスクをはずす

マスクをつけた君は
いつも決まった時間にやってくる
もうすぐ5時ってころに
太陽が西にかたむき
風の温度は3度ばかり下がったころに
くるくる目玉にはずんだ声

いつもここで君を待っている
落葉をふむ足音に耳をすまして
雪まじりの北風が吹きつけるときも
桜の花の舞いちる日も

熱射がひたいに痛いころでも
私はここで待っていた

時はながれ
ウイルスはすばやく変身し
君のとっぺんは十センチほど空に近づき
言い訳がじょうずになっても
「元気かい　さあ　いらっしゃい」
はにかんだみたいな目をしてうなずき
そうして
君はマスクをはずす

あしたの予定

頬杖《ほおづえ》をつく女

頬杖の女は
四角い窓枠の内側にすわって
無機質のアスファルトの道をながめる
それが与えられた
天職とでもいうような目をして

炎天の道を白い中型トラックが走りさる
荷台から転げおちた大玉スイカは
血のような果肉をちらし
無表情のアスファルトに一瞬の色をそめる
干からびた果肉にふりかかる雨

閉ざされた視界に豪雨の音
女はとじた目をひらく
雨にうたれた灰色の道には何も残らない

女は身震いしてつぶやく
　流れさったのはワタシの記憶かもしれない

赤や白や青の乗用車が走りすぎていく
女の記憶の中の車が猛スピードで走りさる
自転車にのった雨合羽は
雨の雫をしたたらせ前のめりにペダルをこぐ
下校中の中学生は重いカバンを肩にさげ
濡れた制服をもてあましぎみに足をひきずる
窓枠の女と若者の視線がまじわる

女は立ちあがりとざされた窓をひらく
そして懐かしげにつぶやく
あなたは遠い日のワタシ
赤い果実の真夏のかおりを
通り雨にぬれそぼったやるせなさを
アスファルト道から吹きあげる熱風を
おぼえています
前のめりに通りすぎたのも
足を引きずり歩いていたのも
あなたはワタシ
いいえ　その逆なのかもしれない

ふたたび女は窓をとじ
そして頬杖をついた

きれぎれ

思いだしたくない
持っていたくなかった
記憶のきれぎれ

過去の原野に
自我のかたまりが転がっている
見えないモノをさがすように
さまよいながら拾ってしまう
ひびわれた足裏には
鮮血がにじんでいるではないか

原野のまんなかに
ベンチがひとつ

こわれそうな肉体をよこたえる
ふくらんだトランクから
消えたはずの
置き忘れたものたちの
息がもれだす
愛も憎も
悪だって善だって
空に吸われる鳥のように
黒い点となって

立ちあがる

あらがいながら原野のはてまで

足もと

小さな窓から
秋の西日が射しこむ

カレンダーに並んだ数字が
夕陽に照らされ
ゆらゆらと踊る

今日の数字が
ゆれながら
最後のきらめきを惜しんでいる
足もとをみつめてひと日を生きたか?

どこからともなく声が降りてくる
首をかしげ私はふりかえる

明日の数字は
そ知らぬふぜいで
流し目をおくってくる
陽はまた音もなく私の窓をたたくはず
あしたの予定を書きこもう
くっきりと忘れぬように

窓の外には
葉脈の籠に守られた
紅い鬼灯が
風にゆれている

昨日の夕暮れに
鳴き叫んでいた鳥たちは
どこへ消えたのだろうか
空にかかった電線が
手持ちぶさたげに
ゆれている　ゆれている

小さな窓に
カーテンをひくと
足もとに
夕闇がひんやりと
音もなくころがり墜ちた

湯の中

足裏に力を込めて
存在のすべてを納め
よろめきながら佇みながら
ひと日を終える

十本の指を持つ
右と左の足裏を湯にひたせば
ぬるぬるとひと日の澱が流れ出す

指先を繕い
ささやかな後悔をつまみながら

足裏は綻びる

裸体の細胞はふくらみ
再生のはかなさに震えながら
明日への夢をみる

そして、わたしは
足裏に力を込めて
ぬるま湯の中からわが身を引き揚げる

あとがき

初めて詩らしきものを綴ったのは小学一年生の頃でした。

筆箱の中にいつも一緒に納まっている鉛筆と消しゴムとのひそひそ話が聞こえてきたのです。それを幼い文字でノートに書き留めました。先生にほめられ、ちょっと得意になりました。母にほめられ、なんだか嬉しくなりました。

その後、学生時代に書き留めた詩はすべてどこかへ消えていきました。書いては破り、書いては丸め、捨て去ったのです。自信がなく屈折した思いを抱いていました。

四十年の時は流れ、仕事や子育てからも解放された私は、何かを書き留めたいとの思いが心の底から湧いてきました。そんな時、一篇の詩に出会いました。やさしく柔らかなことばで、深い思いを伝えてくれる川崎洋氏の「詩は　たぶん」でした。

詩は　たぶん／弱者の味方／ためらう心のささえ／屈折した思いの出口／不完全な存在である人間に／やさしくうなずくもの／たぶん

心のなかで何度も読み返しました。いつの間にか声を発していました。最後の一行、「たぶん」の声は震え、涙があふれてきました。この詩に出会ったときから、詩を書くことは私の心の支えとなりました。書き散らし捨て去っていた思いを書きとめ、外の世界へと解き放つことができるようになりました。

それから十数年の歳月が過ぎ、その間には熊本地震にも遭遇しました。実家の古家と婚家の住居ともに消え去り、心も萎えて小説のような長い物語は書けない時期が続きました。そんな時、心の支えは詩を紡ぐことでした。詩作を通して私は平常心を取り戻せたように感じています。

これから先のことは定かには予測できない年齢に達しました。人生の一区切りとして生きてきた証として28篇を選び、ためらいながらも第一詩集として出版することにいたしました。

詩には見えない魔法の力があるようです。これからも、今この瞬間を五感で受け止めながら詩と向き合っていきたいという思いが、ふつふつと湧いてまいります。不完全な存在である私にも詩はやさしくうなずいてくれることでしょう。

これからも、たぶん。いいえ、きっと。

最後になりましたが、これまで出逢えたすべての皆様に、私の拙い作品にご批評やご意見、励ましのご指導をいただきました詩友の皆様に、心より感謝申し上げます。

また、装画の山本真美様、挿絵の四宮美枝子様、素敵な絵をありがとうございました。編集に際しましてご助言いただきましたトライの本馬利枝子様、首藤築様に心よりお礼申し上げます。

そして、見守り支えてくれている家族にも――。

二〇二三年　十月

齊藤輝代

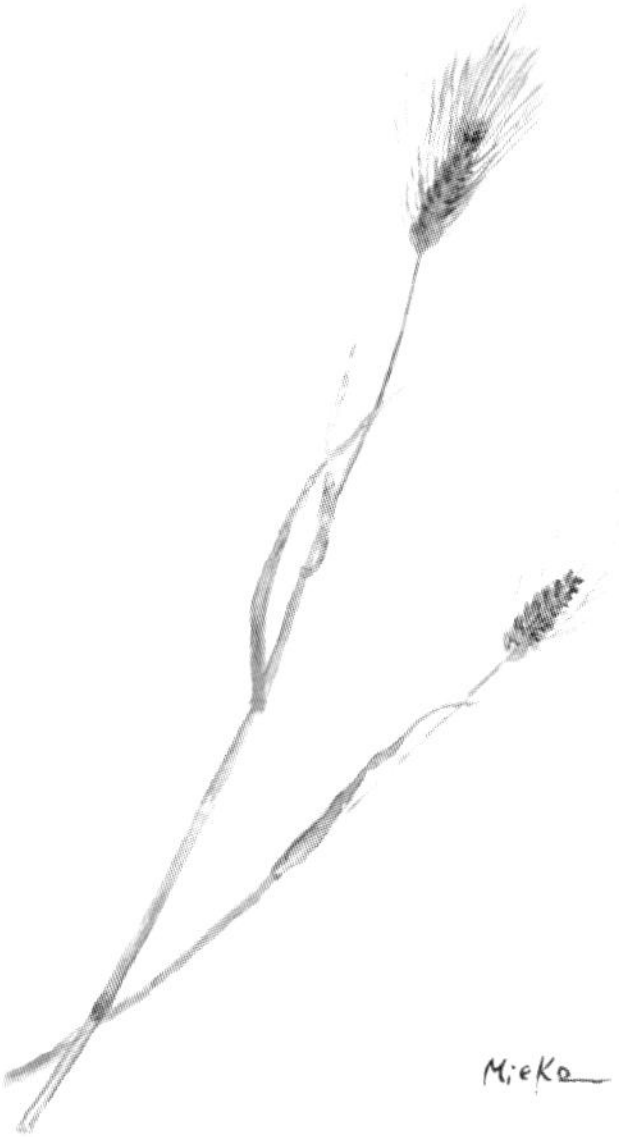

著者略歴
齊藤輝代（さいとう てるよ）
1950年熊本県益城町に生まれる
月刊文芸誌「詩と眞實」同人
所属　熊本県詩人会　くまもと文学・歴史館友の会
〒861-2234　熊本県上益城郡益城町古閑475

詩集 時をあるく

2023年 11月16日
著　　者　齊藤 輝代
発 行 者　小坂　拓人
発 行 所　株式会社 トライ
〒861-0105
熊本県熊本市北区植木町味取373-1
TEL　096-273-2580
印　　刷　株式会社 トライ
製　　本　日宝綜合製本株式会社